Semy Monastier

OUTROS TEXTOS PARA NADA

exemplar nº 082

Curitiba-P
2024

projeto gráfico **Frede Tizzot**

revisão **Raquel Moraes**

encadernação **Lab. Gráfico Arte & Letra**

projeto gráfico das capas da coleção **Juliano Fogaça**

© Editora Arte e Letra, 2024

M 736
Monastier, Semy
Outros textos para o nada / Semy Monastier.
– Curitiba : Arte & Letra, 2024.

40 p.

ISBN 978-65-87603-74-2

1. Ficção brasileira   I. Título

CDD   869.93

Índice para catálogo sistemático:
1. Ficção: Literatura brasileira   869.93
Catalogação na Fonte
Bibliotecária responsável: Ana Lúcia Merege - CRB-7 4667

ARTE & LETRA
Curitiba - PR - Brasil
Fone: (41) 3223-5302
www.arteeletra.com.br - contato@arteeletra.com.br

OUTROS TEXTOS PARA NADA

What's the matter with my head,
I must have left it in Ireland,
in a saloon, it must be there still,
lying on the bar, it's all it deserved.

Samuel Beckett - Texts for Nothing

Uma barragem rasgando não é um desastre natural.

*

Há 31 dias uma barragem está em alerta de desmoronamento. Isso costuma acontecer no verão, principalmente com a proximidade das luas. O alarme está descalibrado e não irá tocar. Um choque suave entre as placas tectônicas causa tensões apenas aos mais atentos.
Mas, com o decorrer do tempo se nota que não dá para culpar somente os astros, são grossas mãos humanas que perfuram pequenos buracos na barragem.
A água vasa, mas não são lágrimas e sim palavras, eu confundo elas, palavras e lágrimas.
De repente, não, finalmente, eu não poderia continuar eu disse, não, de repente, não, finalmente, eu não poderia continuar, eu sigo, de repente, não, finalmente, eu não poderia continuar, eu termino.
A vida ali que parece tão paradisíaca se torna um purgatório a cada mergulho no silêncio.
Animais inocentes se hidratam sem nem saber que também se envenenam. Turistas estão felizes, mas ninguém realmente se importa com emoções barradas. Dançar primeiro.
É uma variedade muito pequena de plástico, alumínio, óxido de ferro pintados em metálico e neon.
O mistério com as placas é que elas nunca vão deixar de se mover, seu olhar será sempre assustado temendo andar num chão a espera desse buraco que pode se abrir tão rápido quanto uma porta às suas costas.

Então na catástrofe se estabelece relação.

O vulcão está em erupção. Sua alegria é o poder de permanecer onde está sem nunca deixar de estar em movimento, mesmo adormecido suas entranhas seguem afrouxando a terra sob os arranha-céus projetados anti abalos sísmicos.
Sopra fogo com uma força que me hipnotiza desde pequena. Sempre achei que vulcões eram montanhas vomitando e isso me causava medo ao pensar que a natureza poderia me atacar assim. Consigo ver meu reflexo no vermelho que verte das pedras, até que o vulcão e eu nos tornemos uma coisa só. Meu corpo se esvazia no chão da cidade erguida sobre as águas, viro eu um corpo sem líquidos e por mais de 12 horas sou capaz de gerar caos e pânico aos que estão ao meu redor. Aviões não podem sair de mim.
O vulcão Popocatépetl *Popocatépetl* **Popocatépetl** <u>Popocatépetl</u> Po-po-ca-té-pe-tl está em alerta e eu não consigo fazer seu nome caber em minha boca.

Dentro da cabeça apoiada na almofada já em decomposição escuto sua língua áspera lamber os ossos saltados das costas da minha mão. Eu abro os olhos e me deparo com os seus de réptil peludo. Uma linha tão fina é a única brecha de pupila perceptível. É primavera e eu estou de casaco e você nas cobertas. Invejo não conseguir fechar os olhos como você, pra toda a luz que nos invade deitadas aqui. A única coisa nova é o sofá, e isso já foi um grande passo.

Diz que meu movimento é desastrado e isso pode até ser natural. Como se dá essa noticia não há nada de natural.
Natural é uma palavra em extinção e mal usada.
Vejo que está pronto pra botar fogo no bioma que se faz nas paredes da minha casa.
Este aqui é o corpo que produz movimentos feios, são os ossos das pernas que juntos somam mais de 1 metro, divididos por joelhos afiados, joelhos que já rasgaram no meio tecidos sintéticos. Os braços, finos demais, incomodam aos olhos, fetichizam o toque que não é convidado. Dedos curiosos às vezes tremem, dentes rangem.
Sou Desconforto ao me mover.

Botos-cor-de-rosa se tornam animais mitológicos e deixam de existir aqui porque meia dúzia de seres humanos andam de jatinho pra lá e pra cá. Desastre. São tantos, tantos desastres. Desastres diários. Desastres que se repetem. Desastres sem volta. Desastres que nunca deveriam ter acontecido. Desastres que nunca mais vão acontecer porque não sobrou nada. Desastres são acontecimentos que eu não tenho controle nenhum, eles não cabem na minha mão. Não é possível jogar fora, não existe um fora, está tudo aqui. Alguns viram mitos, outros enriquecem e perdem seus baços e capacidades de sentir
ternura.

Acordar em um delírio
ser guiado por palavras
fazer chover enquanto o céu está azul

Sonho que uma desconhecida me acordava as 14h30 da tarde, abro os olhos e são apenas 9 horas. Me recuso, pego a caixa de pizza, um chá e retorno ao quarto. De fundo, com a janela aberta, alguém canta Boate Azul repetidamente, acompanhado de várias pessoas fazendo coro.
Eu preciso dormir.
Mas decido ler, gatos vão se ajeitando pelo meu corpo numa simbiose que anos de convivência já nos tornou um corpo só. Há um vão entre a cama e a parede, o livro escorre da minha mão atraído pelo buraco, vejo seu nome querendo desaparecer por uma fresta. Não é apenas o seu nome como uma coincidência do seu nome, mas o seu nome, seu nome completo tentando se emburacar num escuro que você mesmo fez a menos de um dia atrás. Há um movimento de expansão que ocorre de tempos em tempos. Não sei o que eu consigo mais.

Não sabem o que é viver o luto e meu medo hoje é derramar chá sobre suas palavras.

Minha ansiedade não é uma velha amiga, ela é jovem, fresca e cheia de vigor. A mais presente das presenças.
Minha ansiedade se acha uma grande oraculista, prevê futuros catastróficos como uma mensageira do apocalipse em um manto púrpura que pesa sobre os ombros. Minha ansiedade é uma anciã sábia de passados nem por ela vividos. Ardil, ela usa fragmentos de arestas pontiagudas para perfurar uma mente que já é por si só inquieta.
Minha ansiedade escreveu uma carta de amor onde em nenhum momento ela soube ser amável, apenas disse "toma aqui esse mapa, você é uma jóia preciosa de antiquário".
Ela sabe me ofender "me incomoda essa ingenuidade lenta".
Eu me escondo da minha ansiedade em dias nublados, cinza é um tom que a confunde. Minha ansiedade é alérgica à chuva, e assim eu celebro ouvindo "I'm only happy when it rains".
Em tardes assim sento com meu medo, assistimos a uma série.
Medito então:
Fazer do coração as tripas E das tripas novelo,
pra lembrar como sair deste labirinto
Antes de se apegar, se transformar em alguma coisa.

E estará aqui e seremos felizes
mesmo quando não estivermos
Seremos felizes

parfois une lettre d'amour n'est qu'une lettre pleine d'amour

Fair enough - Alguma coisa sobre justiça mas parece alguma coisa sobre fadas. Sim, isso bem se sabe, me há de fada o suficiente. Porém a pitonista diz "deixe as fadas, aterre, se junte talvez a gnomos". Penso talvez em sereias. Metade sem voz no chão, metade no mar, canção.
São em dias como hoje que consigo sair do limbo, sentar e esperar duas máquinas brancas ligarem para que eu possa escrever. Escrevo como nunca escrevi. Já te escolhi como leitor, como vítima e como escapatória. Penso no que me foi dito, se fujo, se lhes afasto e se todos se afastam por medo de desagradar. Será que sou tão facilmente desagradável? Admiro a outra dali, aquário de metal que gira um redemoinho, não há peixes, mas a sujeira se afoga.
Cobiçar parece mais justo que amar nos tempos que assisto de fora. Então o que se lê aqui não pode ser encenado, não pode ser dirigido. Estou me fazendo um buraco para instalar uma nova válvula de escape. Não. Estou aproveitando um dos buracos que já se encontram aqui e preenchendo-o com algo novo. Com a liberdade que trouxe ao desistir de si próprio.
Cansei de ouvir sobre choro alheio. Quase nunca tenho lágrimas mas menos ainda palavras.
Sento aqui. Cada vez que quero escrever sinto sono. É um boicote interno para não conseguir dizer o que ...
Estou tentando desenhar assim, estou tentando estudar assim. Vejo uma pequena flecha que torna um C um G e preencho assim meus espaços. São flechas que transformam e guiam.
Quando eu sair não esqueça de mim, não sinta minha falta, mas não esqueça de mim. Não sinta minha falta, porque se a sentir é porque eu sou útil em algo, não busco utilidade, não sou uma ferramenta. Lembre-se de mim por algo que não se saiba explicar, deixe-me surgir em sua cabeça, mas não me dê uma função. Seja justo, apenas o suficiente.

Bright shoes on hard days

O dia que veio depois de ontem
Chegou indelicado
Não tinha mais cara de futuro

Eu estou de olhos fechados. Ouço um *tec, tec,* abafado, parece longe mas é perto. Percebo que o som escorre da minha mão e cai no velho sofá de couro. Ainda de olhos fechados eu sinto o calor da boca até a mão. Onde eu estou? Eu lembro de ler sobre a mulher adormecida que não sabia como o armário e os travesseiros mudaram de lugar. Aos poucos vou submergindo e entendendo que o mar que estou envolta nasce da minha própria boca.

Eclipse Lunar

determinação determinação determinação determinação determinação
determinação determinação determinação determinação determinação
determinação determinação determinação determinação determinação
determinação determinação determinação determinação determinação
determinação determinação determinação determinação determinação
determinação determinação determinação determinação determinação
determinação determinação determinação determinação determinação
determinação determinação determinação determinação determinação
determinação determinação determinação determinação determinação
determinação determinaç determinação determinação determinação determinação
determinação determinação determinação determinação determinação
determinação determinação determinação determinação determinação
determinação determinação determinação determinação determinação
determinação determinação determinação determinação determinação
determinação determinação determinação determinação determinação
determinação determinação determinação determinação determinação
determinação determinação determinação determinação determinação
determinação determinação determinação determinação determinação
determinaçã determinação determinação determinação determinação determinação
determinaçãodeterminaçãodeterminaçãodeterminaçãodeterminaçãodeterminação
determinaçãodeterminaçãodeterminaçãodeterminaçãodeterminaçãodeterminação
determinação determinação determinação determinação determinação
determinação determinação determinação determinação determinação
determinação determinação determinação determinação determinação
determinação determinação determinação determinação determinação
determinação determinação determinação determinação determinação
determinação determinação determinação determinação determinação
determinação determinação determinação determinação determinação
determinação determinação determinação determinação determinação determin

Fazia sol do outro lado do eclipse

O dia em que acordei e tinham cortado um buraco no Céu Eu abri a cortina e nada aconteceu.
Ao cortar um pedaço de céu, o que vemos não é a total escuridão e sim uma massa branca leitosa. Os terraplanistas explicam que seu Deus esbarrou em um pote de corretivo apagando as estrelas, no lugar onde devia haver o nascer do sol havia uma tampa com pincel, de certa forma ela sempre esteve lá.
Não são muitos os que percebem um dia de cegueira solar ao olhar pelas janelas de um trem que só desce a serra, a curva mais íngrime de um planalto.

Calçar galochas, abrir o guarda chuva e ser a única pessoa a atravessar o centro da cidade pelo meio. Não ter medo de afundar em poças, não ter medo de escorrer pela solidão da cidade encharcada. Andar sem pressa, não há mais nem uma ilha no meio do Pacífico em que a chuva já não seja tóxica. É como uma febre escondida entre as ruelas que cruzam veias e artérias, não há por onde fugir, apenas atravessar. Foi a febre que me causou o primeiro descolamento, enquanto ela estava dentro de mim eu estava fora, perdida em um vácuo estelar observando o que não cabe dentro de pupilas ressecadas pelo tempo. Não há mau tempo, apenas o agora aqui, um corpo em luta contra um corpo estranho, um planeta em luta contra o estranho que já lhe tomou todas as formas.

Em uma tentativa outra de fazer os mesmos percursos dentro da cidade- ferida-aberta, saio com cem olhos pelo chão. Uma das primeiras coisas que chamam minha atenção foi uma quadra onde um saco de lixo que
continha guardanapos foi feito de confete. Talvez o confete de maior personalidade já visto, cada um amassado a sua maneira, diferentes manchas de gordura, café, batom e sabe-se lá mais o quê, espalhados num carnaval cansado às 7 da manhã de uma segunda-feira.
Pouco mais adiante, enquanto barracas de legumes são erguidas, um pedaço de espelho se camufla de petit pavê justamente na praça das
pessoas nuas, longe o suficiente para que essas sigam sem se ver. Mas então chegamos na parte interessante de fato, algo nunca visto, algo que não sai mais de trás dessa centena de retinas. Ali, tão perto mas tão
longe do Passeio Público, algo nunca visto está ao chão. Como uma bolota de planta parasita se movimenta quase imperceptivelmente no chão. Faço um movimento de 180º ao redor daquilo, vejo uma mini cabeça, um mini bico. Olho pro lado, me assusto ao notar outro, mas esse se encontra deitado, mole, patas surpreendentemente grandes para uma bola tão pequena de corpo estão abertas e são de um verde juvenil, no tom de um feijão plantado no algodão que mal chegou aos 10cm de altura.
Suas garras são prova viva de sua raiz de pterodáctilo. Ali na mesma árvore a menos de um dia era possível ouvir tanto, havia tanto sendo dito. Como é possível continuar um trajeto com a morte no fundo dos olhos? Com a dor de um ser ali, caído ao concreto, sentado paciente enquanto espera pelo mesmo que está ao seu lado?

Segui zonza sem nunca mais sair dali.
Dias passam, refaço o caminho me perguntando se é possível me perdoar pela inércia, caminho um pouco mais e a natureza me responde que não
assim que passo por um poste e ele se apaga.
É impossível continuar.
Hoje o esforço da natureza em expurgar é o que mais vibra nesta cidade, o problema, dona natureza, é que não existe fora.
Não pra gente.

Não se lembra onde fica o coração mas sabe perfeitamente que a luz fica no meio, Sabe acender cada um desses interruptores
Sua palavra é contrabando mas a minha sempre foi pilhagem
Não somos pessoas que vivem nas sombras
Hoje dois planetas mudaram de lugar mas os dias seguem opacos, como uma lâmpada fria, já envelhecida
Ando à caça de palavras resplandecentes

Nesses mapas só tem luz

Aos 26 nada era tão concreto
Meu pequeno muffin de aniversário mal aguentava uma vela.
Talvez não fosse uma vela e sim uma bandeirinha fincada ali por um palito de madeira, cortando um torrão de açúcar ao meio.

Talvez a chama viesse de fora.

Aos 35 as velas estavam na minha mão e o fogo um pouco mais à frente.
Ou eu já era uma pessoa totalmente diferente da que viveu em uma ilha que tanto gosta de chamar de sua.

Não se usa mais todos os dedos pra contar uma biografia. A vela pode até ser virtual, assoprar a própria tela em espelho negro, desenhar começo de palavras e esperar que venha automático a seguinte:

Seguinte
Não é muito bom - Mas pode funcionar
Como foi lá na selva de pedra e eu não tenho nem saúde

Nem palavras.
Diga que sabe que são palavras.

Porém esse aqui é sobre números
Aos 35 pouco se aquece na concretude Mas já não se espanta mais
Numa vida sem bolos.

Listar tudo que é possível fazer sob a névoa:

-
-
-
-
-
-
-
-
-
-
-
-
-
-
-
-
-
-
-
-

- desaparecer

Como continuar? Digo ao corpo. Digo à cabeça, fique tranquila, ela para de respirar. Deveria me afastar do corpo, da cabeça, me levantar e ir até a janela mais distante, me inclinar para ver o sol que nasce empurrando o frio pra cima. Aqui a névoa é sempre divinatória, sinal de dia azul, o céu branco que separa a noite de todo o resto. Cerração, nevoeiro, palavras que vão se dissipar. Sair disso, sair daqui, primeiro eu tinha apenas estado aqui, mas continuo desde sempre nesse aqui, nessa não-hora longa, não há ar que tranquilize essa cabeça. Nessa hora os vagalumes começam a piscar no canto dos olhos, caem grãos de areia, a boca é um deserto de rachaduras. Sempre aqui, lá em cima luz, uma espécie de luz, aquela espécie de luz que te faz acreditar que está lá, mesmo quando ainda não é possível vê--la. Pense além da névoa, procure luz em um enorme segundo numa mente lenta, lenta, quase parada. Será que é ar que permite que a gente sufoque? Deixe pra lá, deixe tudo isso. Mas não negue o corpo, mexa-se primeiro, ser um corpo, um corpo deve continuar. Toque sua cabeça, sinta os ossos que não se dissipam ao se camuflarem com a neblina, não há mais frente e atrás mas é preciso continuar. Ver o que acontece aqui, fazer com que alguma coisa aconteça aqui. Piscar mas não fechar os olhos nunca mais. Seria tão fácil. Esta noite talvez seja manhã encoberta de silêncio, o meu silêncio, não nunca o meu silêncio seria capaz de produzir tamanho nevoeiro. Talvez o meu silêncio tenha se sentado sem continuar aqui. Se eu fosse usar todas as suas palavras favoritas quantas vezes cabeça, aqui, agora, a luz também está entre nossas obsessões, mas nada nunca vai te vencer da morte, palavra morte palavra. Já senti os joelhos balançarem sob o peso das mesmas falésias que te causaram o delírio de morte. Não há morte maior do que o flagelo de ficar eternamente desperto aqui. O aqui as vezes muda, a morte não, a morte sempre deve continuar. Apodrecendo cabeças esquecidas no chão de um bar, como no velho sonho que nunca acaba. Onde eu iria se pudesse ir. Há momentos em que a dor soa concreta. A água verde escorre pela minha mão e é inútil dizer a mim mesmo que estou em outro lugar

Há pessoas que te acompanham de outros momentos de vida, de épocas em que você era outra pessoa. Pessoas voltam e trazem com elas todas as pessoas que você já foi, aí fica você e você. Você e todas as pessoas que por muito tempo habitaram você. Você e você com os mesmos desejos. Você e você, desejando ser aberta ao meio novamente, por um encaixe que te dê um clique e te lembre que neste momento, que você está sem você, seja possível lembrar quem se é.

Dentro destas cabeças
se movimenta um mistério
O tempo todo

Sento aqui e busco responder que sim, estamos felizes. É na maior hora da conjunção planetária, o lusco-fusco que de algum modo estamos mais próximos. No aqui o tempo pára, alguns têm visões de uma outra presença possível onde a luz escorre feito água na escuridão dos espaços entre os dedos.
Sim sim, estamos felizes, entre noites mal dormidas, palpitações, olhos secos, sensações de quase-morte; ainda há uma cintilância que nos permite dizer, sim, estamos felizes.

ATRIZ REGINA

Tenho pensado muito na atriz Regina.

Eu nunca a conheci pessoalmente, mas ouço seu nome aqui e ali. A atriz Regina sofria de fobia social. Não é causa nem motivo.

A atriz Regina interpretou por anos o papel de futura rainha e isso lhe causou dores nas costas por tanto tempo, mas foi o que lhe ajudou a se acostumar com os figurinos que lhe prendiam todo o tórax. Se destronar foi o escândalo que finalmente a libertou de sua carreira. Na realidade, a atriz Regina já não aguentava mais interpretar qualquer papel, e veja bem, os atores costumam ser condescendentes com o público. Gostava de deixar o esmalte descascando por dias e dias após suas últimas apresentações, acompanhando a decadência da despigmentação das suas unhas, assim como o crescimento livre dos seus pêlos que finalmente saiam de férias e respiravam o ar do mundo. Crescer seria o primeiro vestígio do seu desejo de desaparecimento? Atriz Regina era chamada de anjo, de pura, um presentinho que não podia ser desembalado.

As vezes eu devaneio sobre a atriz Regina. Será que ela repararia em mim? Será que trabalharíamos juntas? Será que eu poderia tocar nos seus cabelos longos?

Eu penso no cheiro de coração partido da jovem atriz Regina. Eu imagino ela dentro de mim. Eu convidaria a atriz Regina para tomar um chá. Nós até poderíamos conversar sobre literatura. A atriz Regina ganhou prêmios de melhor dramaturgia em diversos festivais.

A atriz Regina não existe mais, ela é um mito saudoso na lembrança de alguns.

A atriz Regina gostava de música, animais e praia. Dizem que a atriz Regina morava sozinha e virou vegetariana pouco antes

de desaparecer. A atriz Regina foi mestre e passou seus anos de academia bebendo whisky em frente ao próprio computador. Se eu pudesse cruzar com a atriz Regina, eu não lhe diria nada. Eu lhe entregaria algumas coisas:
22 cm de uma fita de cetim ciano
areia do deserto
50 ml de água do mar irlandês
uma vela de lavanda
uma tartaruga de pelúcia
um caderno feito à mão
uma caneta verde
Nada disso importa de verdade. A atriz Regina se foi na hora certa. Não, não me entenda mal, eu não decido nada. Ela não poderia mais continuar, não foi cedo demais. A atriz Regina foi um belíssimo desastre natural que agora segue submersa em praias rochosas. Em cada um de seus dedos havia um anel, ou mais. Pra mim a atriz Regina não passa de um sonho coletivo que eu não sonhei. Mas ainda assim, eu também a amo.

POSFÁCIO

Escrevo esse posfácio após um eclipse lunar.
Quando vi que Semy começou "Outros textos para nada" citando Samuel Beckett, eu involuntariamente dei um sorriso e me senti imediatamente em casa. Tanto Semy quanto Beckett me fazem companhia há anos. Semy e eu já nos ligamos em madrugadas chuvosas em diferentes fusos horários para compartilhar boas notícias e também para chorar juntes. Quase posso dizer o mesmo sobre Beckett, que de alguma forma estava presente nessas ligações, pois tenho certeza que foi citado em pelo menos uma delas. Uma referência tão presente em nossas vidas que o chamamos carinhosamente de "Beckettinho" entre nós e eventualmente compartilhamos raras fotos dele sorrindo e criamos memes sobre fotos onde ele aparece fazendo uma caminhada durante suas férias no Marrocos.
Depois de ler esse livro, tive uma noite de sono um tanto turbulenta. As imagens da força da natureza que Semy traz em seus textos ficaram em algum lugar na minha cabeça e me fizeram sonhar com vulcões em alerta e chuvas torrenciais que alagavam apartamentos no quarto andar. Acordei com a sensação de ter passado a noite dentro da escrita de Semy. Entre catástrofes naturais e situações narradas por sua cabeça, essa que talvez esteja em algum boteco na Irlanda fazendo companhia para a cabeça de Samuel Beckett, adentramos um universo que é um retrato honesto de nosso tempo. Onde desastres naturais são anunciados, televisionados e acompanhados por hashtags nas redes sociais, enquanto nos sentimos incapazes de fazer algo mais concreto para mudar a situação de um planeta consumido

pela brutalidade humana, ao mesmo tempo que corpos e cabeças tentam seguir suas vidas sobrevivendo a crises de ansiedade ao cruzarem a cidade em rumo a um futuro que ninguém sabe mesmo se virá.

"*Como continuar?*" é uma pergunta que nos fazemos com mais frequência do que gostaria de admitir. No entanto, nossa resposta é sempre a mesma: juntes. Encontrando a luz em palavras resplandecentes; em atrizes que agora são finalmente livres; nos mistérios da cabeça que estão sempre presentes; em textos de amigues de vida, reconhecendo tanto de si ali ao ponto de se sentir especial por ter a oportunidade de dividir a vida e o mundo — mesmo que acabando bem na nossa vez — com essas pessoas. "Outros textos para nada" me faz desejar outras realidades para esse mundo em colapso e me faz pensar que talvez outra realidade seja sim, possível.

Amor,
Daiane Rafaela.

SOBRE A AUTORA

Semy Monastier (1987) é especialista em Crítica e Artes Híbridas pela UTFPR e cofundadora em simbiose da Membrana Literária, onde se sente provocada a usufruir da escrita como mídia dentro de seus diversos projetos. Trabalha com luz e gatos. Nasceu e vive em Curitiba.